GROSSES KINO

Björn Kuhligk

GROSSES KINO

Gedichte

Berlin Verlag

Schutzumschlaggestaltung:
Nina Rothfos und Patrick Gabler, Hamburg
Gesetzt aus der Quadriga
durch die Offizin Götz Gorissen, Berlin
Druck und Bindung: Ebner & Spiegel, Ulm
Printed in Germany 2005
ISBN 3-8270-0584-1

für Esther

I

wie ein berserker immer dem körper hinterher.
als wär der wer. als wär der stärker.
immer wieder falle ich auseinander. in einzelteile.
die sich nicht verstehen und sich trotzdem lebenslänglich fragen müssen.
wollen wir nicht zusammen gehen.

Die Sterne

Du sagst: Lieber tot und tot als lebendig und tot
Und ich sage:
Keines Menschen Schmerz ist größer als der
Comer See.

Karen Duve

NACH VORN

Der Wagen nahm die Route, und oben
stand der Mond, eine Form, die aussah
als wäre jemand dagegen gelaufen

einer drückte aufs Pedal und
überholte und spulte andere Musik
in den Augen lief die Landschaft ab

am Morgen stand die Sonne gegenüber
wohin, fragte einer, keine Ahnung
sagte einer und setzte eine Brille auf

plötzlich gab es das Meer, plötzlich stand der Himmel
plötzlich stieg da einer aus dem Auto
und warf sich gegen die nächste kleine Welle

AUS DEN LANDSCHAFTEN

(für Peter Wawerzinek)

Man steht an Küsten, unterkühlt
auf Klippen, in Tälern
überpokert von Gipfeln

man hat zwei Zimmerpflanzen
die bekommen Wasser und
dieser Kaktus, der durchhält

man muß nicht wedeln, die Wäsche
trocknet von selbst, die zwei Leben
die man hatte, da paßt ein drittes drauf

man steht unter Bäumen, worunter
auch sonst, da stecken Misteln drin
das sieht verstörend aus

man ist geduldet, ein lebender Gast
mit Schuhwerk am Knöchel, ein
dummes Gewirr, was Größeres will

SIE MACHT AM LIEBSTEN PASTA

Und morgens steht sie nackt
am Fenster, etwas Banales
etwas Göttliches, und sieht
die Gegenwart, wie die sich
unten auf der Straße bemüht

sie träumt auf russisch
und raucht filterlose Franzosen
gießt vorm Frühstück den Teppich
verleugnet Schulfreunde und hat
sich nie den Arm abgebunden

sie hat den falschen Freund
und selten Geld auf der Kante
den Tag, also genau diesen
den Tag, denkt sie manchmal
den hatte schon mal jemand

sie hat keine Fotos an den Wänden
und nach der Tagesschau
ein gewöhnliches Gesicht, sie denkt sich
einen Satz wie diesen oder jenen
etwas Banales, etwas Göttliches

am Wochenende sei sie, sagen
ihre Freunde, eine Mischung
aus Kneipentier und Partyknaller
manchmal, wenn sie tanzt, habe sie
Männer an den Beinen

am liebsten beendet sie ihre Sätze
mit: »Kannst du mir folgen?«
sie lacht nicht oft, doch manchmal
lächelt sie versteckt, am schönsten
redet sie, wenns regnet

MANCHMAL LÄUFT ER
vor, doch meistens zurück
er heißt Oliver, kann aber
auch Wladimir heißen

mittags trinkt er bis zum nächsten Namen
er kennt seine Freunde alphabetisch
rückwärts, seine Hose hängt träge, neulich
hörte er zwei Mädchen, daß er keinen hätte

montags versucht er, Trost zu geben
und wirft pfandbeladene Flaschen
aus dem Fenster, wenn es schneit
beginnt er, lauthals zu pfeifen

nie hat er Blumen in der Wohnung
selten einen schönen Satz im Brief
er denkt sich ein Leben als Musik
wäre er eine Arie, müßte er brüllen

einmal im Monat fragt er in den Spiegel
was es brauchte, sich selbst
zu genügen, spielt dann Mozart an
und sichert sich das Gleichgewicht

SIE ZIEHT EIN BEIN NACH

Sie hat den, den sie liebt
in ihrer Wohnung liegt er
unter der Nachmieterin

sie ist angelernte Psychologin
was auch nicht hilft, sie
malt sich einen roten Mund

ihre Mutter ist abermals schwanger
sie lernt es niemals, den Ofen
heizt sie mit Abschiedsbriefen an

ihr Stammbäcker hat die Brötchen
gewechselt, sonntags geht sie eine Route
am Kanal, da kennt sie jeden Busch

morgens in der U-Bahn sehen
ihre Haare aus wie Schlechtgeträumtes
sie vögelt am liebsten im Sitzen

VON DEN ABSTÄNDEN

Er hat ein Leben und seine Freundin
ein anderes, am Wochenende stellen
sie Schnittstellen her und lächeln

sie kann keine Kinder bekommen
das ist ihre Niederlage, er beteuert
daß es ihm gleich sei, und raucht

er ist weder Titten- noch Arschtyp
er achtet die Augenaufschläge und
mag ihre unbeholfenen Bewegungen

er hat sich neue Zähne gekauft
und tanzt Pogo, wenns nicht anders
geht, kotzt er laut im Bogen

er wünscht sich eine gute Reise, etwas
mit Esprit und guter Laune, er redet
nur im Notfall von sich selbst

ER HAT SEINE RITUALE

Er trinkt nach jedem guten Essen
einen Schwarzen mit Genickschuß
er pinkelt nur im Sitzen, wenn er
besoffen oder verliebt ist

in der Zeitung liest er vom Krieg
und bestimmt danach seine Kleidung
auf dem Weg zur Arbeit, zwischen Trasse
und Zäunen kann er das Lama riechen

die letzte Geliebte warf eine Tasse
da stand sein Name drauf
ein Geschenk der Eltern
er ist der Idiot der Familie

er hat sein Schiff in der Flasche
die kann er schütteln oder auch nicht
er hat einen merkwürdigen Namen
und atmet zu flach, Gott steht ihm bei

WENN DIE CELLISTIN NICHT ARBEITEN GEHT

Wohnt sie im Kopf eines Hauses
und kann den Daumen ohne Schmerzen
bis zum Handgelenk biegen

sie lebt in Berlin und bekommt bald
sieben Kinder und freut sich, das Wasser
ist nicht ihr Ding, sie ist an Land gebaut

sie war deutsche Meisterin in der Altenpflege
und spielt nun doppelsaitig und
stolpernd, wenn man sie nicht stoppt

sie hat eine Ebene für Gespräche, die sie
nicht verlassen möchte, sie kennt
Dinge, die sich kaum verändern

ihr ist jede Frage ein Angriff, sie läßt
die Sonne in ihre Hosen und hat
erst neulich ihren Liebhaber ersetzt

sie hat ein Zittern unter der Hornhaut, das
läuft ihr an der Leine, sie kennt Menschen
die sie gern berühren möchte

Er ist verlassen worden, er hat
die Fotos gesichtet, den Abraum vernichtet
seine Wohnung ist ein Zustand

die Ehe hat er stornieren lassen
er denkt an ein Zelt an der See
es ist Winter, es ist ihm gleich

er arbeitet am Fließband neben
der Nachbarin, die hat auch keinen
dem sie abends was flüstern könnte

nachts ist er so klein, er zeigt es
mit Daumen und Zeigefinger an
er paßt in jede Tasche rein

NACH DEN KLEINIGKEITEN

Selbst während des Skiurlaubs
riecht ihre Haut nach Sommer
je nach Abendprogramm
wechselt sie die Kleidung

in der dritten Nacht gab ihr
der Skilehrer versaute Namen
am Morgen war sie wieder
ein Fräulein aus Bochum

sie liebt die schnellen Abfahrten
mit den roten Wangen danach
zurück in der Stadt, geht sie nachts
mit einer Grubenlampe spazieren

ER DENKT AN ALTERNATIVEN

Auf einer Autobahnraststätte
der schönen Organistin beim Kaffee
die Arme zu brechen

nach dem Mitternachtssüppchen
mit Freund Hier und Da
aus dem Fenster zu springen

nach dem Gute-Laune-Lunch
einer französischen Deutschen
die Karten falsch zu legen

er kommt von der See, aus
den Bergen, von den Hügeln
aus einem Sauerstoffgehäuse

er hat sich als Mann, als Frau
verkleidet und drei Kinder und wird
immer nur den Hund behalten

er hat fünf Asse im Kragen, drei Wünsche
in der Tasche, an seinem Geburtstag
schreit die Nachbarin wie wahnsinnig

nur manchmal, wenn der Tag normal ist, denkt er
an eine Kreuzfahrt, an ein Schlittenrennen
dann könnte, so denkt er, das alles gutgehn

Gleich, was da ausgeleuchtet wurde
er hat sein Adreßbuch gesichtet, rumpeldipumpel
weg warn die Kumpel

er sitzt in zerstörten Räumen
mit der Zeit, der dummen Sau, der Trösterin

er denkt sich ein Dasein, so schlicht
dahingehockt, an den Abgründen
orientiert, das sollte gelingen

EINE SCHWANGERE RUDERT ÜBER EINEN SEE

(für Adrijana Bohócki)

Was tut sie noch? Pfeift sie leise?
Spuckt sie Apfelkerne? Hat sie
den Rock hochgezogen?

womöglich winkt sie zum Ufer
errechnet den gemeinsamen Nenner
und denkt an musikalische Früherziehung

vielleicht dreht sich das Boot im Kreis, sicher
aber steht sie manchmal auf, dann
spiegelt sich das Kind im Wasser

ER KANN NICHTS MACHEN DAGEGEN

(für Katja Krauß)

Er rennt in Gewitterstimmung
aus einem Rapsfeld in einen
blauen Samstag, in die Musik
für Biergärten, er ist ein Depp
der Gedichte macht, er kann
nichts machen dagegen, Arme
und Beine bilden eine rotierende Scheibe
er kann nichts machen dagegen, der Arsch
ist der höchste Punkt im Gelände, er ist
eine bröckelnde Geste, ein leiser Hinweis
er duldet keinen nackten Boden, er will
der sein, den die Katze
ins Haus geschleppt hat

Er wolle nicht sehr alt werden, sagte er
und »Leben ist langweilig« und fügte
hinzu »Ich mache Erfahrungen nur
noch, wenn ich schreibe«

die Frage, warum er schreibt, habe
sich nie gestellt, die Pfeife ist gestopft

»Heimat«, er fragt, »was ist das?«
»Die Unmöglichkeit, ihr Handgelenk
zu fassen, was auch nichts ändern würde«

es gibt Möglichkeiten, das Meer geht
rein und raus, als gäbe es hier
eine Empfindung abzuholen
»Es ist nie gesagt worden: I love you«
sie verbat ihm, daß er über sie schreibt

das ist der Griff ihrer Hand, die
früher auf seiner Brust und jetzt
auf der Schulter eines andern Ruhe
findet, daran muß er sich gewöhnen

Manhattan, er sieht es aus dem Auto
hat er hier geschlafen oder war
es nur Montauk, eine Aussicht

In diesem Theaterstück stehe er
nicht auf der Bühne und er fragt
ob sich ein Verhalten ausrotten lasse
in dem man es fotografiere

in diesem Krieg, sagt sein Kollege
gebe es keine Veteranen

sein Haar ist streng gescheitelt
sein schlimmster Gedanke sei es
vom Leid anderer zu profitieren
und daß er den Ausdruck glücklich
nicht benutzen wolle

SPAZIERGANG MIT HORST JANSSEN

Mit zwei Flaschen Sekt im Blut
und der Zeichnung eines nackten Mädchens
lief er die Friedhofswege ab
durch eingetretene Türen
die ihm nachgesagt werden

er malte unbewohnte Landschaften
von der anderen Seite der Elbe
am Boden gescheiterte Vögel
den eigenen Kleinkindmund
zu einer Möglichkeit skizziert

in seinem Haus in Blankenese
von einem Auto aus gesehen
ging er von einem Zimmer
in ein anderes

SPAZIERGANG MIT ROMY SCHNEIDER

Der Teppich, auf dem die Couch
auf der sie sitzt, wird sich nicht
nach oben wölben, das Gespräch
geht über einen Tisch

auf eine Frage die Antwort
»Es war normal, die Sonne
auszusperren«, ein weiteres Glas
das sie über die Schulter wirft

in einem Film, auf einem Positiv
ein Gesicht auf einer Couch
vor der man einen kleinen Stein
nach oben steigen sieht

2

Wir mit dieser Wut in uns
und zu viel Fleisch.

Eugène Guillevic

Man kann sagen:
»Dringlichkeit besteht immer«.
Wir sind wie die Älteren
nur viel schlimmer.

Tocotronic

(für Katja Krauß)

WÄHREND DES FREITAGSGEBETS
die kopftuchgebückten Frauen
auf den Feldern, von den Minaretten
fallen die Worte wie Ringe um die Häuser, abends
stellen sich Sprenger an, die verlassenen
Gewächshäuser, eine Ansammlung
Zelte, vor denen zwei Kinder am Feuer
bei Nacht der hellblaue Swimmingpool
das Anschlagen der Zikaden, in den Dörfern
stehen Häuser leer, auf den Dächern
rostende Wassertonnen, »Ladies
and Gentlemen: Mr. Germany«, dann
der Clubtanz, Hände hoch und rechts und links
und Beine breit, ihr Name auf einem Reiskorn
die Sonne seilt sich, das kennt man hier, wie jeden Abend
hinter den Bergen ab, Sie werden es nicht vergessen
die Fotoserie, in der ein Pärchen am Meer
und freundlich auf das Wasser blickt
über den nackten Oberkörpern am Morgen
drei Kampfjets Richtung Osten
dann der Clubtanz, Hände hoch und rechts
und links, irgend jemand macht das Foto

NYUGATI. BUDAPEST

In der nächtlichen Straßenunterführung
schlafen Mäntel, in den Mänteln Kinder
an den Kindern Fäuste, die Europa-Fahnen
schwenken und jeden Wechsel akzeptieren

eine Frau, die auf dem Innenstadtring
mit einem freigelegten Armknochen
zwischen Soll und Haben
die Triebe ihres Gartens anbietet

in der gelben Sechs explodierte gestern
die Bombe eines Bastlers, die Anleitung
kam aus dem Internet, es riß fünf um
es gab keine Toten

GROSSES KINO

Die Plastikstühle in dem Einkaufszentrum
auf denen die Altersarmut Platz nimmt
und Kaffee aus gemieteten Bechern trinkt
und der kleine, nicht mal geschlechtsreife Irre
der jeden Morgen »Gute Nacht« brüllt
und der Mann, der unter der Rolltreppe
hockt und Schokolade ißt und diese
kleine, von oben gedrückte
Tüten-Frau, die öffentlich blutet

EIN WOHNBLOCK

Der Alte, der nur Anekdoten hat
und zwei Stock weiter drei, die
ineinander stürzen, weiter oben
wird ein Krieg erklärt und der Mann
der voller Wucht gegen
eine Küchenwand gerannt
die hübsche Susi, die schon
mal im Fernsehn war, hat sich
von ihrem Freund das Auge
demolieren lassen, ihr Vater
läuft auf Krücken schon seit Jahren
und trinkt Gemixtes aus dem Durchlauf
zuletzt der Thomas, der das alles
nicht kapieren will und sich ausstaffiert
mit Hut und Bart in eine S-Bahn setzt
ab 5:45 ist Berufsverkehr

AUS DEM UNTERRICHT

Wir fuhren Taxi nach Auschwitz und
sahen gläserne Kästen, randvoll
mit Schuhen bestückt, und hatten
im Keller die musikalischen
Erinnerungen der Großeltern
auf einer Langspielplatte
auf 35 Quadratmetern saßen wir
gelangweilt bis in die Mundwinkel, im TV
das karge Land, darin die Bombe
an den Körper geschnürt, einem Gott
zum Gruße, da gehn die Kindsköpfe
hoch, auf die Fensterbank klopft der Regen
da kann man von Glück reden

Wie ein Grenzschutz wieder
eine Linie zieht, es muß, es
darf geschossen werden, das
muß, das darf gefilmt werden

wie erdfremd dieser Kontinent
mit Sternchen am Revers, wie der
die Abwehr aufbaut, Mutti macht
noch schnell den Abwasch

als im Süden die ersten Turnschuhe
angespült wurden, später zwei, drei
Zweibeiner gefischt wurden, es muß
es darf zurückgefeuert werden

OHNE KRAGEN UND WENN WIRS DENKEN WÜRDEN

Die Farbfilme lagern in Kühlschränken
ein Beischlaf kann im Treppenhaus
beginnen, ja, unter den Tieren sind
wir die traurigsten

wir kaufen Geld an Automaten
wir mieten Zimmer für den Sommer
wir lesen morgens Zeitung und
erleben Déjà-vus, wir erwarten
Liebesbriefe, die nicht kommen
wir denken uns ein Land und vögeln
bis ein Heiland niedergeht, und
schieben Einkaufswagen durch
einen schwerbestückten Laden

ja aber, wenn wirs denken würden
wir stünden auf Aussichtstürmen
»Es gibt Ansätze«, würde jemand
flüstern, »Eine Verbesserung«
würde jemand hinzufügen, und vielleicht
sagt es dann einer: »Der Mensch als
kleinste wirtschaftliche Einheit«
geht jeden Sonntag Kuchen holn oder
steht vor einem Zielfernrohr
an dessen Ende der Körper fällt, »Machts
gut, Nachbarn«, ja, es genügt
zu wissen, wie eine Schwertlilie aussieht

Wir wissen alles und nichts, wir und
die 350 000, die im September 04
in chinesische Fußballstadien
gesammelt wurden, wir und die, die mit
Tretminen ins Arbeitsamt laufen, unser
Name sei Niemand, verstört, ein Leben
zu erfinden, eine Statistik, eine Rolle rückwärts
in cinemas cross europe, wir wünschen uns
Häuser, als passionierte Vollzeitkinder
sahen wir ganze Familien häßlich werden, ein Dorf
das von einem Lautsprecherwagen gekreuzt
wird, Uncle Sam kippt Verdünner nach und schickt
was aus dem Rechner, ein Junge, der die
Befreierkugel in der Schulter trägt, der mit
der Bombe als Beifahrer gegen die Botschaft
fuhr, wird in Wohnzimmern Platz finden, der Kleinen
mit der Schleuder wird ins Bein geschossen
werden, wir machen weiter mit System, z. B.
unser Milchmann steht nachts immer unter
einer Ästhetiklyrikweide, das sieht
entzückend aus, hilft aber auch nicht

Im Wartehäuschen die Leuchtwerbung
»Zeigen Sie das mal Ihrer Frau. Es sieht gut aus
und kostet nichts.«, im Nacht-Journal strahlte
Afrikas Grafik-Design, zwei mit Hungerbäuchen
es wäre der vollkommene Augenblick
wenn der TV explodiert, wir gehen in Turnschuhen
wir träumen unterhaltsam, auf der Kommandantenstraße
erklärt man sich mit e-plus-Reklame die dritte, vierte
fünfte Welt, das Geld kommt immer aus der Bank, und
wer hat, der soll vorüberschleichen, wer nicht, der soll
sich was erfinden, die Bundesdruckerei steht rot
im Ampellicht, auf der Axel-Springer-Straße, Berlin-Mitte
läuft ein Zweibeiner mit Schweine-BZ und grinst
aus dem Arsch »Zeigen Sie das mal Ihrer Frau.
Es sieht gut aus und kostet nichts.«, was und
welcher Boden soll da noch kommen, *worauf*
warten, auf den irren Bomber / der uns alle /
weckt, mit den Helden der Schlußverkäufe
möchte man ins Meer getreten werden

DA CAPO

Wenn wir klatschen und
damit die Luft zur Seite
drängen, diese Gewalt
das tut uns leid

wir schweigen von Dingen
die im Kopf rumsingen
wir sind die Überlebenden
aber nicht schöner

wir spritzen schnelles Bier
und spielen Stromgitarre
der letzte knipst
den Leuchtturm aus

3

An den Landungsbrücken raus
dieses Bild verdient Applaus

Kettcar

Ich reise nicht mehr, ich habe lediglich Fortbewegungsanfälle.

Federico Fellini

KÄGSDORF. OSTSEE

Am Morgen sahen wir
den Atem eines Hundes
in den Landmulden standen
geschwollene Bäume
von den Eisschichten
stiegen Schwäne auf

für Minuten war ich
zurückgeblieben und fotografierte
zwei Menschen am Rand
zwischen Meer und Binnensee
das Glimmen von Zigaretten

und der Leuchtturm, der seinen Kegel
übers Land warf (später schrieb
ich auf eine Ansichtskarte, daß
das Meer beschossen wurde)

wir standen kurz geblendet
wir werden nicht schwimmen
wir bleiben hier

HALLIG HOOGE. NOVEMBER

Die Seehundbänke nicht gesehn
nicht mal eine Flosse davon
und zurückgefahren worden

auf den frostigen Wiesen
die ruhigen Tiere, den Wechsel
des Lichtes beobachtet

die hektischen Vögel
mit Vorsicht betrachtet, wie sie dem Strand
ihre Abdrücke gaben

die freie Wohnung nicht
gemietet, übers Wasser geblickt
ob es Fragen hat

Km/h: 1–5
Wind: Leiser Zug
Zustand der See: Leicht gekräuselt

lagestabil sei hier die Erde
über Wasser, die Zeiger am Puls
man geht dazu über, die Zeit
als Variable zu verachten

später ein schweres Blau
und schmales, über dem Wasser
kurz aufzuckendes Licht

vom Dünengelände aus:
km/h: 50–61
Wind: Steifer Wind
Zustand der See: Die See beginnt sich zu türmen

vor dem Haus die herausgeschüttelten
Blütenblätter des Holunders
hinter dem windschiefen Zaun

HERINGSDORF. OSTSEE

Die Tage tingelten über die Terrassen
der Strandhotels, und du, du mußtest
diesen schmächtigen Wellen, du standest
im Wasser und winktest zurück
du mußtest ihnen die Kronen zerschlagen

IN DER FERNE DIE FRACHTER

(für Esther)

Unterm Oberland lagen wir vor Helgoland und
hatten zerkotzte Gesichter an Bord, die Männer
mit Ferngläsern saßen auf einer Reling und hatten
Sonne im Genick, in der Ferne die Frachter

wir sahen, was zu sehen war:
Deutschlands einzige Hochseeinsel
Deutschlands einzigen Vogelfelsen
Deutschlands Trottellummen

wir gingen gegen die Wolken, das sah so aus
du hattest Kalk in den Taschen, den Strand
in den Socken, die du südlich der Knie, wo sonst
geringelt trugst, das war, das ist ein gutes Lied

abends wechselte der niederländische
mit dem deutschen Sender, das Wetter
hielt an, und vor dem Haus, auf diesem
schmalen Streifen, blühte unverschämter Mohn

HAUSACH. DIE EISENBAHNSTRASSE

Einmal im Herbst
waren die Hügel
eigenwillige Tierrücken

jemand wie ich ging vorsichtig
die Hände in den Taschen
zu keiner Bitte bereit

SINGSANG DER JÄGER

Auf unsrem Stammtisch steht ein
ausgestopftes Murmeltier
überm Hirschgeweih der kleine Mensch
der hängt bei uns nur hier

es brülln die Berge lichterloh
ein Tier im Garten macht uns froh
nur 14 Tage, armes Reh
hast du im Sommer Liebesweh

nach unsrem Jubiläumssturztrunk
sind wir kniewärts in den Wald
und sind belemmert in
das Wurzelkraut geknallt

doch stehn wir meistens nur
beim Seidel stumm am Tresen
und stieren still, wer fremd
sich zu uns irrt, der wird genesen

der Wirt ist unser Mann, der
schließt selbst ab das Tor
wenns draußen ihm ins Bierglas
regnet, singen wir im Chor

KOSZALIN

(für Tom Schulz)

Auf der Straße schießen die Kinder
mit Erbsen auf Tauben, im Land
im kruzifixten, trägt ein Mann
seine Eiswaffel wie ein Mikrofon

in den Cafés trinkt man Bier
mit Sirup aus Strohhalmen, einträchtig
mit allen ausgestorbenen Völkern
und Tieren, wir haben Uhren gekauft

jedem Arsch hinterhergesehen
jeder freien Schulter eine Zeile
gegeben, bei starker Hitze sollte
täglich mehrmals geduscht werden

am Mittag ist das Meer eine sanfte Plane
die Sonne brettert runter, die Möwen stehn
getroffen auf den Molen, in den Gärten
sind die Bäume windgewachsen

im Hotel kommt erst der kalte Starter
es folgt die Suppe, dann essen wir im
eignen Saft den Nacken und
trinken Kamikaze-Cocktails

dann hüpfen wir auf einem Tennisplatz
und rufen »Der Igor, der Igor, der steht
bei uns im Fußballtor« und brechen später
mit dem Gartentisch zusammen

OBERHALB DER MÜHLE

(für Gerhard Falkner)

Am Abend, hangaufwärts
verstecken sich die Häuser
hinter den Pranken der Bäume
ein sanftes Licht steht stramm

in den Übergang würden manchmal
die Siebenschläfer schreien
ein Geräusch sei es, das die Nerven
kurz vorm Anschlag durchdrehn ließe

auf der Wandkarte im Haus
könnte Deutschland ein Rotzfleck sein
draußen steht der Wein im Glas
ein Vogel warnt vor Tieren

4

Eine Zeitlang meint man, man sei auf der Welt,
um einen bestimmten Hintern zu küssen. Das ist in Ordnung,
solange es dauert.

Rainer Malkowski

Die schönste Frau wäre die, für die ich auf das beschlagene Autofenster
ein Bruchstück zeichnen würde. Ich würde in ihrem Blick
eine Bruchliebe aufleuchten und einen Bruchkuß
auf ihren Lippen sich abzeichnen sehen und wir würden in die
leeren Alpen reisen, in diese Mondlandschaften,
die so gut nach Mathematik riechen.

Jean Baudrillard

PÉCSER RHAPSODIE

Da kommt die Frau, die ich liebe
unter den blühenden Kastanien
ist ihr Gang ein leichter

sie setzt sich zu mir an den Tisch, ach
gelobt und ins Museum der Schönheit
gebracht sei der Himmel

unter dem sie schimpft, als der Kellner
den Wein verschüttet, gelobt
sei ihr voller Mund

unter dem Bogen der rechten Schulter trägt sie
ein faustgroßes Muttermal, ich küsse sie
wenn vor dem Park die Trambahn hält

da kommt die Frau, die ich liebe, um die Ecke
sie wird bald graues Haar bekommen, wenn ich
sie anseh von der Seite, wird sie schöner

da kommt die Frau, und ist sies nicht, soll es
die nächste sein, vielleicht vom Hügel, aus dem Fliederduft
die ich liebe, wie sie langsam um die Ecke

DER HIMMEL HÄNGT HEUT TIEF

Natürlich verlangst du Beifall unterwegs
und hast dir um den Körper einen Duft
gezogen, die Männer, die dich streiften
beschreiben einen Bogen, gieriger als Luft

du trägst das Kleid so eng und hast
dir still die Stirn gepudert, ich halte
heut den Blick sehr streng, du denkst
vielleicht, ich wär allein verreist

der Himmel hängt heut tief, ich zeig
dir in der Zeitung einen Schwan
und denk daran, mich zu verrücken, du
sprichst von einer Möglichkeit

IN DER DÄMMERUNG AUF EINEM HÜGEL

Jetzt beginnen die Dörfer
zu leuchten, sagtest du, ich
nahm den Kiesel, den ich
seit Tagen bei mir trug
und zielte auf die nächste Laterne
und sagte, die Dörfer
beginnen zu leuchten

DER SCHLAF DER ANKER

Da war ein Sehnsuchtsstrahl
ein gedrungenes, Richtung Schönheit
gesetztes Liebeswort, das ihr
schwierig über schmale Lippen glitt

die Gegenwart, die schlug den Kopf herunter
die hat bemerkt, was Füße hatte, alte Schuhe
in denen hurte rum, was Beine hatte
ach, zum Deibel mit dem Seelchen

das Bett, das sei ihr Kapitän
der Schlaf der Anker, der die Gründe
stört, den Boden wechselt wie die Männer
die sie, dumme Streunerin, genommen hat

MADEMOISELLE, das
mit der Kraft-Wärme-Kopplung
das müssen Sie nicht verstehn
wir vögeln im Drei-Viertel-Takt
das hält uns Falten fern und
schmiert mit Blut die Gänge

Mademoiselle, das
mit der Raumkontrolle, das
haben Sie falsch verstanden
ich komm ja auch nicht aus
der Fremdwortecke, aber
diese Abbrüche, schlimm so was

ach, Mademoiselle, Sie müssen
immer in Bewegung bleiben
und all die Termine, das krabbelt
ja schon fast im Kalendarium
ach Mademoiselle, bleiben Sie
weg mit den Sprengmeistern

Rachmaninow, 2. Klavierkonzert, Opus 18
man sollte etwas unter die Arme nehmen

in der Küche in der Schale
die Äpfel, sie liegen ruhig
zu keinem Aufbruch bereit

ich träumte, ich hatte
ein Rendezvous, das sah
mir dabei zu, wie ich
die Tage demolierte

STANDORTBESTIMMUNG

In dieser Einfaltskammer
aus diesem Blödsinnsbecher trinkend
und hier und jetzt auf dieser
herrgottsüberwinkelten Dorfstraße
unter diesem Himmel, diesem von Sternen gestanzten
auf diesem Entfernungsriff, auf dem ich
den Füßen, Händen nicht mehr traue
auf dieser Beklopptenrennbahn
behaupte ich Liebe und
nehm es nicht zurück

In dieser wüsten Kombüse war
sie mir Verschworene, wenn
ihr etwas schlecht erschien
wollte sies nicht haben, ich
ging damit Amok saufen
sie trank Blütentee im Stehn

ich sah sie nie verlumpen
wenn die Schiffe brüllten
hielt sie sich die Ohren zu
am besten waren wir zertanzt
auf blanken Balken, verlottert
und verzögert bis ins Gegenlicht

5

Für mich die Axt,
ich mag Trauerweiden nicht.
Was sind das für Bäume,
die zu Boden zeigen, Hans

Rainer Brambach

DAMN!

erstens ist das Meer nicht perlmuttergrau, die Möwen sind nicht weiß,
der Sand weder gelb noch grau, nicht einmal das Gras ist grün oder gelb,
das tiefe Gewölk nicht violett –

DAMN!

Ich lebe stets in Unkenntnis der Lage.

DAMN!

Max Frisch

UNTERM KISSEN SASS DEIN KNABENWUNSCH

Mutter sagt, daß deine kleine Schwester
eine Jahrtausendfigur mit Flügeln sei
bei Begräbniswetter wünschst du
ihr Keuchhusten im Silvestergottesdienst
und Schlimmes aus dem linken Nasenloch

du holst deine Untertasse aus
dem Schrank und schmierst, während
du das Gebäude verläßt, das Blut
eines Besserverdienenden an den
Türrahmen und rennst dreimal
gegen die Bierbank der Dorfkaschemme

Jahre später sitzt du noch immer
unter dem Apfelbaum, dem du
mit bösem Blick die Axt zwischen
die Jahresringe getrieben hast
und schreist über die Lichtung

du weißt, du mußt nur, wenns stürmt
die Haare dir zum Hufeisen schneiden

ES GEHT MIT DEN FÜSSEN

(für Ron Winkler)

Ein junger Januar, man sah
Raketen explodieren
und trank die Asche mit

worüber sich verglühn, verheizen
man denkt ja immer nur
an seine Vollzeitinsel

woran festhalten und erinnern
das Gedächtnis ist ein Kleiderschrank
da gehn die Hemden rein und raus

Nun liegt das Weiß
darüber ein Vogelzug
mit der Richtung in den Federn

die vor Wochen gesammelten
Kastanien in einem Eimer
eine platzte gestern nacht

die hübsche Frau von gegenüber
verläßt die Küche und
lächelt vielleicht ein bißchen

HORIZONTBETRACHTER

Hier ist ein Wald
da sind die Bäume
darin sind die Ringe
und hier sind wir

du schlägst zu mit der Axt
und trinkst den Harzstein mit

und das Lieblingstier
das ist der Affe im Zoo
den kannst du besuchen
und er dich nicht

FÜNFJAHRESPLAN

Das Maul halten, öfters
mehr Ausflüge ins Umland
die Bäume der Stadt loben
auch das wenige Wasser
Flut und Ebbe wünschen
auch eine Insel, vielleicht
etwas Leichtes für die Nerven
etwas Großes für den Zorn

DIE BÄUME KOMMEN MIT

Was wäre, wenn was andres, wäre ich
womöglich Kampfmatrose, eine Schußfunktion
ein vernageltes Terrain, Hymnen salutierend
und in Fahnen aufwärts strampelnd
und nicht Kaktusgießer, aus Träumen meist
zerknüllt erwachend und Verehrer guter
Schweinemedaillons, nach Magma
bohrend und verliebt in eine Liebe, für die es
keine Worte geben soll, keine Versuche
und die Bäume, die Bäume kommen mit

(für Tom Schulz)

KEINE ANSPRACHEN, das Licht
sollte sich nach den Schatten richten

nichts Klares, kein Fahrplan
ein Gewirr aus Stimmen

ein Anfang aus jenem, vielleicht auch
etwas völlig anderes, wer weiß

z. B. Schneewehen im August oder
eine Bowling-Bahn, die nicht gemietet wird

anderen Tags, so wünscht man, einen Mund
der spricht, ein Ohr, dem etwas zu versprechen ist

WAS STEHT

Ich verneine die Zeitpunkte, die Flächen
die Orte, die zu stecknadeln sind

ich liebe, was ich nicht verhökern kann
ich hasse, was ich anders lieben könnte

ich traue dem Wasser, dem Unvermögen
der Unschärfe, dem Sand

solang ich mich erinnern kann, fängt
das Wünschen immer wieder von vorne an

Der Autor dankt:

René Hamann
HEL
Aline Helmcke für das Cover
Boris Kerenski für gute Tage in Stuttgart
Katja Krauß
Clemens Kuhnert
Thilo Schmid
Tom Schulz, auch für das Vorab-Lesen
Florian Voß
Achim Wagner
Jan Wagner
der Willy-Bresch-Combo

INHALT